PRINCE HENRY DE VALORI

PÉTRARQUE

ET

LAURE

Laure aima les vers : c'est eux qui l'éternisent ;
Belles aimez les vers, les vers immortalisent !

H. V.

PARIS

1872.

E. DENTU, LIBRAIRE-ÉDITEUR,
Galerie d'Orléans, 13.

PÉTRARQUE

ET

LAURE

PRINCE HENRY DE VALORI

PÉTRARQUE

ET

LAURE

Laure aima les vers : c'est eux qui l'éternisent ;
Belles aimez les vers, les vers immortalisent !

H. V.

PARIS

1872.

—

E. DENTU, LIBRAIRE-ÉDITEUR,

Galerie d'Orléans, 13.

—

Reproduction interdite.

A Madame la Comtesse de D....,

HOMMAGE ET RESPECTUEUSE GRATITUDE.

MADAME,

Vous avez été la confidente de ma douleur ; soyez, je vous prie, la confidente des chants qu'elle a inspirés. C'est dans cette pensée, que je dépose à vos pieds le double hommage de ma gratitude sans bornes & de mon profond respect.

NICE, LE 17 MARS 1872.

PÉTRARQUE

I.

L'INVOCATION. (1)

—ᏚᎾᏚᏴᏴᏚᎦᏴᏍ—

O Pétrarque, ô mon maître, ô grand nom qu'environne
De leurs rayons divins et l'Amour et la Foi!
De l'impure Vénus tu fis une Madonne :
L'Evangile d'amour nous fut légué par toi!

Jusqu'aux pieds adorés de celle qui rayonne,
Sur mes jours attristés, grand homme, conduis-moi!
Prête-moi tes accents, prêtes-moi ta couronne,
Pour ceindre son beau front, et chasser son effroi.

Orne ses tresses d'or des roses de ta lyre ;
Chante que la fierté qui dans ses yeux respire,
A surpris de terreur mon cœur désespéré ;

Raconte son doux nom, viens proclamer sa gloire ;
Et les siècles lointains garderont la mémoire
De ma Laure immortelle au grand œil azuré !

---

(1) Extrait du second volume de *My blue Devils* qui est sous presse.

II.

LE TRIOMPHE.

Quand les ambassadeurs des deux grandes cités,
De Rome et de Paris, — croyant faire largesse,
Vinrent lui proposer les honneurs mérités,
Les palmes du triomphe ; — un instant de tristesse

Voilà son noble front. On le vit hésiter. —
Paris disait : « François, viens, la vieille Lutèce
« Attend pour t'applaudir, toi qui sus disputer
« La science et le génie aux Sages de la Grèce ! »

Mais la Postérité fit entendre sa voix : —
« Paris, est un sommet ; Rome est le Capitole ;
« Paris est un grand mot ; Rome c'est la Parole ;

« Paris c'était Hier ; Rome c'est Autrefois ;
« On se tue à Paris ; à Rome on ressuscite ;
« Viens, la Ville Éternelle à son banquet t'invite ! »

III.

LAURE.

On attendit longtemps, avant que son burin
Leur dicta sa réponse. On attendit encore,
On attendit un mois, on attendit envain.
On le prit pour un fou. — Non, il songeait à Laure!

A ses longs cheveux blonds, à son regard divin,
A sa toute adorée. — Un jour après l'aurore,
Du vallon de Vaucluse, il suivit le chemin,
A l'heure où le soleil, très amoureux, colore

Les rochers d'alentour : — « François, écoute-moi,
« Tu m'as dit, — souviens-t-en — « Pour te forcer à croire,
« J'irais jusqu'au ciel pour y chercher la gloire? »

« Pars pour Rome, et mon cœur va rester avec toi! »
Cher ange, peu m'importe un grand nom dans l'Histoire,
Si j'occupe à genoux un coin dans ta mémoire.

LAURE

I.

LE PORTRAIT.

Devant ces grands tableaux de Rome ou de Venise,
Qui ne s'est cru, parfois, hors du monde emporté
A voir un fier portrait que l'art seul divinise,
A force d'idéal, de charme, de beauté ?

C'est le front merveilleux, et la figure exquise,
Le rêve que l'on fait d'un cœur tout enchanté,
On a les yeux épris, on a l'âme conquise,
Puis on se dit : Hélas, si c'était vérité.

Près d'Elle, malgré soi, tout pâlit dans la toile,
La vision regarde avec des yeux d'Étoile,
Et l'on voit à jamais le regard éclatant ;

Car l'esprit ne peut plus alors s'éloigner d'elle,
De l'espoir entrevu, c'est l'image fidèle,
Et l'on répète encor : Si c'était vrai pourtant ! !

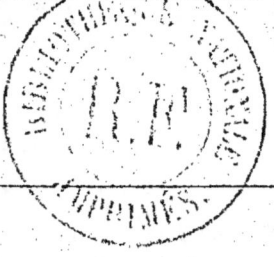

II.

L'Original.

~-ꙮꙮꙮ-~

Oui ! j'ai revu Corrége, — en leur splendeur complète
Les tons blancs de son teint, et leurs reflets nacrés,
J'ai revu Titien, tout l'or de sa palette
Pailleter à plaisir ses grands cheveux dorés.

Regardez-la passer, c'est la Grâce parfaite,
Avec ses pas savants, lestes, mais mesurés.
Et voyant aussitôt que chacun lui fait fête
Quels jolis airs alors, se sentant admirés !

J'aperçois à sa lèvre un brin de moquerie ;
Mais elle dit si bien ; — répondez, je vous prie,
Qu'on se laisse railler, cela, tout gentiment.

Et puis la Charité met si vite une larme
Autour de ses longs cils, comme un pur diamant,
Que l'on dit : regardez, n'est-elle pas le Charme ?

III.

MIREA.

Aussitôt, cependant, un penser sérieux
Sur la bouche entr'ouverte, arrête le sourire,
Un éclair inconnu traverse ces grands yeux,
Livre fermé pour tous, et que Dieu seul sait lire.

Le visage, alors, prend ce contour merveilleux,
La belle ligne pure où la Beauté s'admire.
Mais il vous faut la voir, car je ne saurais dire,
Ce miracle trouvé, ce calme harmonieux.

Ce long regard profond qui vous plonge dans l'âme
Tranquille, et cependant jetant toujours sa flamme,
Ce geste qui paraît dans le marbre sculpté.

Et sur son front altier, le signe de la race,
Le grand signe de Dieu ! — Mais qu'elle est mon audace ?
Ange, Pétrarque seul aurait pu te chanter !

Nice, 16 mars 1872.

TABLE

～◆～

Nice, Typ. S. O. Cauvin et C°.